鏡像攝影

copyright © by 鏡像

鏡像攝影

鏡像攝影

copyright Ⓒ by 鏡像

鏡像攝影

禅

心

情池

鏡像詩集

情池

鏡像○著

前　言

《隨緣的模樣》

我不是為了留名
　　也不是為了留芳
　　　　這是我一吐為快的
　　　　　　孤獨行者的心房
我心中的故事
　　雖然只是鏡像
　　　　您卻可以看見
　　　　　　我方便隨緣的模樣

情感和虛空
　　就如同色即是空
　　　　幻化空身即是法身
　　　　　　隨緣而住　真實的心相

煩惱　痛苦

菩提　解脫

　色不異空

　　隨緣無礙的心

　　　即是菩薩的名相

紅塵裡的愛戀

　那是我塵世的模樣

雖然如同夢幻

　是故事創作想像

　　它隨風飄蕩

　　　也如同風一樣

我把它寫出來

　讓您看到

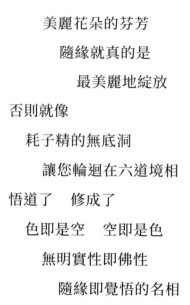

美麗花朵的芬芳

隨緣就真的是

最美麗地綻放

否則就像

耗子精的無底洞

讓您輪迴在六道境相

悟道了　修成了

色即是空　空即是色

無明實性即佛性

隨緣即覺悟的名相

我不好也不壞

隨緣變現

七彩花朵的模樣

您喜歡

就拿去吧

不喜歡

就扔向遠方

好壞的分別
　是您心的選擇
　　我都歡喜接受
　　　像隨緣的風兒飄蕩
您真的見到我
　就笑一下
　　原來如此
　　　還有修行的名相

《風》

業識的風
　是心展現的風景
喜怒哀樂
　颱風下雨
　　都是他變幻的心情

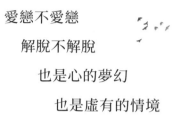

愛戀不愛戀

　解脫不解脫

　　也是心的夢幻

　　　也是虛有的情境

我只是隨緣的風

　希望這個風

　　是吉祥的風

　他能帶給您

　　一道彩色的風景

　帶給您

　　我的吉祥祝福

　　　是那樣的真誠

《痕跡》
——願望

以前的一切
　　像蒲公英一樣
　　　　隨風飄蕩
它隨著風兒
　　落到哪裡
　　　　那是前世的播種
　　　　　　今世才走的一趟

已經過去的故事
　　像藍天裡
　　　　乘風的夢幻白傘
用筆
　　隨意地塗寫
　　　　童話般的篇章

其實

　　那是我心的軌跡

　　　用生命的色彩

　　　　把傳奇的情感宣講

過去了　　過去了

　　只是在記憶裡

　　　有一片彩色的雲航

已逝的時光啊

　　像潺潺的溪水

　　　奏出奇妙的樂章

虛空裡的泡影

　　因緣生　　因緣滅

　　　那是

　　　　情感的心漿

　　　　　攪起的白色波浪

心中泛起

　　感嘆的聲響

　　　境相　　原來就是

　　　　心投射的鏡像

祝有緣人吉祥如意！

祝世界和平！

心識之水長流

情絲繫在楊柳枝頭

生命的小舟

飄到天的盡頭

只是那顆愛的紅豆

還要到來世等候

我要把思念郵走

郵寄的小盒裡

裝著那顆相思紅豆

鏡像攝影

目 錄

CONTENTS

目錄

CONTENTS

目錄

CONTENTS

目錄

CONTENTS

鏡像攝影

山巔酒酣臥

一曲蒼然悲歌

曲寡無人和

墜入山澗似沈淪

與水相容

只是為了清澈

不見西山日薄

陪伴著溪水成河

情 雨

雨落了一地

濕潤了萬物千里

所有的甘霖

灑遍了　只是為你

隨著風起舞

翩翩而至

幽幽的心意

還是為了心中的你

癡癡的雨滴

落地聲是一曲

緣聚的一幕朝夕

那是心意

化成了一首詩

詩詞就是濛濛的雨絲

有了綠洲又隨風消瘦

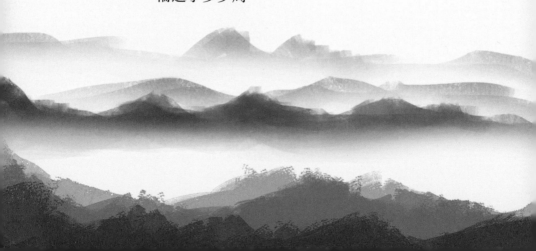

心情已陳舊

也舊了久穿的衣袖

山河不見老

只是一輪輪芳華瘦

難以長久相守

生滅隨境　無始已久

命運只是一艘

隨風　隨水的小舟

走過了無數個春秋

輪迴了多少周

身心趣味相投

愛戀在心頭

紅了桃花　白了梨花

情執最難丟

貪戀著美酒

也品嚐著苦酒

一次次種花種草

有了綠洲

又枯黃隨風消瘦

執著不休　輪迴不休

走了多少世白頭

餘情未了

千年的情緣不夠
期盼著萬年逗留

人生的路上常常回首
從春暖花開到晚秋
心情欲說又休
心念不停地繚繞
難以將你忘掉

你在我心中畫的記號
常使我心跳
常常使我傻笑
思緒不斷　常到拂曉
也不知道四季裡

如此地輪迴了多少遭

一直到歲月悠悠

生命蒼老

容顏　　記憶蒼老

餘情瀰漫未了

心裡老是祈禱

哪怕萬年後

也有愛情美好

有著美麗的明朝

載著紅豆的心舟

我的意識流

乘著一葉小舟

隨著秋風漂游

心情悠悠

飄過了無數的小樓

消了煩憂

撒了滿天相思愁

只是沒有笑臉讓心駐留

河畔微風拂柳

是誰在抒情彈奏

相愛的心音熟透

是美麗的相思紅豆

真心才會相守

知心的話兒不休

直到黃昏後
柔美的纖手折楊柳

心識之水長流
情絲繫在楊柳枝頭
生命的小舟
飄到天的盡頭
只是那顆愛的紅豆
還要到來世等候
我要把思念郵走
郵寄的小盒裡
裝著那顆相思紅豆

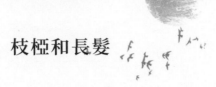

枝椏和長髮

樹分了很多枝杈

枝杈發了很多綠芽

就像那思緒妄念紛紛

產生了萬千

執著分別的分岔

煩惱從此在心裡掙扎

讓人隨境變傻

說著妄念的傻話

在六道裡邁著步伐

在境相裡安家

有了剪不斷的牽掛

不斷地說著情話和假話

時不時的尷尬

把一縷青絲頭髮

培育成名相枝椏

長出綿綿的糾纏長髮

纏繞在輪迴的天涯

心裡卻有一座光明的佛塔

風沙與燈塔

心亂　起風沙
七色因緣的牽掛
忘不了思念的老家
世界已滄桑變化

世間人生芳華
沒有什麼不能放下
愛恨之心慈悲度化
建起心靈佛塔

凡塵聖土心演化
看破八苦摧打
夢幻的疙瘩
只是紅塵的流沙
空性的智慧
驅除遮陽的風沙

遮住光明的窗紗

讓光明願風颳走它

眾生清靜的家

自然有智慧的燈塔

哪怕海角天涯

也有解脫的心法

佛的無上密法

禪茶一味桃花源

一壺清茶微風相伴

流水潺潺

楊柳依依兩岸

不見船帆

只有大雁棲息河畔

禪茶一杯清涼即禪

觀照青山

有幾處遮掩

水面漂浮茶葉幾片

似停泊河面小舢舨

心靜是自然

品茶恍惚入禪

又隨著暖風思維觀

只是望不穿

紅塵闌珊桃花緣

禪茶一味心清閒

清淨一柱香緣

進出是一份自然

自在安詳如酣

悲歌與踐約

山巔酒酣臥

一曲蒼然悲歌

曲寡無人和

墜入山澗似沈淪

與水相容

只是為了清澈

不見西山日薄

陪伴著溪水成河

天色已暗如墨

西天一曲蒼然長歌

丟了晚霞顏色

清冷山間有點蕭瑟

數數星星作樂

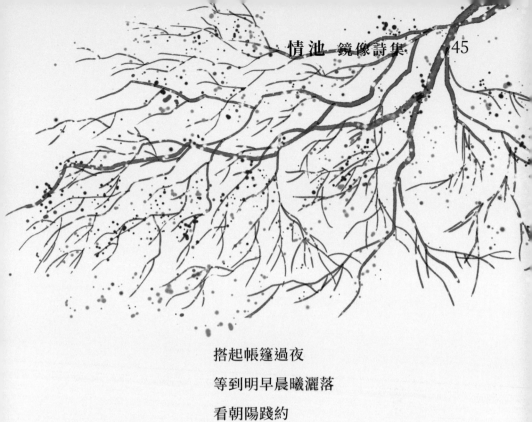

搭起帳篷過夜

等到明早晨曦灑落

看朝陽踐約

期盼　安然

推開了期盼
掩著門的心間
點燃明燈一盞
送走黑暗
晨曦裡有你的眼

月來姍姍
微風暖暖
偶然　還是必然
邂逅的那年
有了相思河畔

微閉雙眼

流雲去遠

心情平平淡淡

消了思慮情牽

安然　空曠無邊

耐人尋味

你就像黑褐色的咖啡
澀澀的苦味
帶著滋潤的回甘
帶著醉心的美味

你還有花的香味
讓人怡然陶醉
就像嗅著玫瑰

你就像最美的蓓蕾
是如此耐人尋味
盛開即是迷人的嫵媚

你生命的軌跡

會令人依戀不歸

會令人熱血沸

我看到了你生命的光輝

邁開兩腿　迎著風吹

你到底是誰

為什麼在心裡不會枯萎

你是心裡的最美

你美好的模樣

永遠像盛開的玫瑰

情……

情也是空性的實相
梵行也是人間走了一趟
害怕情　是執著法相

如果情是障礙
地獄的菩薩地藏王
是如何把眾生度到天堂

色相即是空相
欲界也是空性
行者應做如是觀
也不能執著如來名相

有情是為了天堂

有情是我的父母高堂

在佛菩薩的世界裡

充滿了眷屬的法相

菩薩到不淨的世界

內心還是慈悲吉祥

雖然幻身在夢幻的境相

心卻在實相的天堂

無觀照

生命已逝執未消

貪嗔痴慢至今朝

從古至今豪傑墓

心在夢中無觀照

靈犀

心有靈犀相通
自有相合的心聲
一份深情
纖手自然弄琴
如流水雲行
讓人醉醺難醒
愜意相撫卻如風輕

心吟誦只有心聽
心明如鏡
才會遍處看清
只是喧囂的紅塵
掩埋了佛性
掩埋了寶貴的真情
一首禪偈　禪意清靜

人生的路口

醉心的溫柔

讓人迷惑不懂

怡人的感受

讓人濕了瞳孔

柔風輕拂首

讓人情絲附空

走到人生的路口

不知所措如何走

楓葉落滿了前後

塵埃飄落了滿頭

生命裡一無所有

內心為什麼優柔

喝一口含淚的酒

任心隨著風飄遊

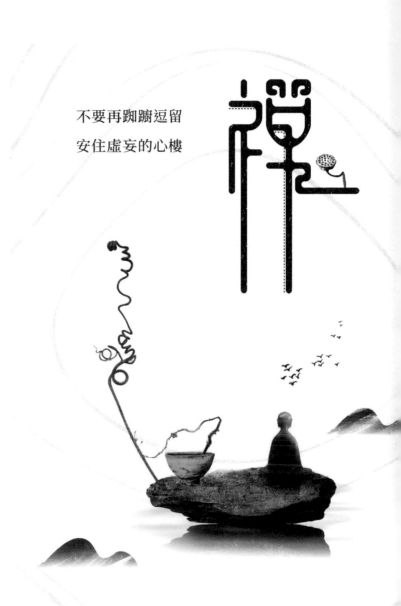

不要再踟躕逗留
安住虛妄的心樓

濕了一幅畫

風吹落一地桃花

誰的眼淚落下

誰的聲音已經嘶啞

內心五味陳雜

好像哭到了天涯

陷落了繁華

濕了一幅圖畫

嗚咽著　　為著思她

思緒沒有了其它

失戀的心情　　沒了快樂

煩惱的心受鞭撻

再也沒有悠閒無暇

卻不知幻象是假

你的影子

情感的詩句裡

美麗的畫卷裡

唱一曲婉轉的歌謠裡

朦朧　綿綿細雨的情絲裡

還有輕拂的風裡

全是你清秀的影子

不知道是前世的相續

還是今世的相思

我把滿腹的情意

真誠地為你相寄

像山間清清的小溪

千言萬語只是你

鏡像攝影

餘情未了

還掛在你的眉梢

醉夢裡逍遙

那一份嘴角的微笑

正睡著好覺

那是浪漫的心島

浪漫的心島

餘情未了

還掛在你的眉梢

醉夢裡逍遙

那一份嘴角的微笑

正睡著好覺

浸在浪漫的心島

世間的喧鬧

紛紛擾擾

還是因為年少

不知什麼是真的煩惱

只是夢裡的縹緲

就感覺剛剛好

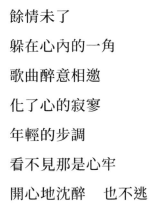

餘情未了

躲在心內的一角

歌曲醉意相邀

化了心的寂寥

年輕的步調

看不見那是心牢

開心地沈醉　　也不逃

尋 你

畫裡的美麗

好像遙不可及

只是畫上的字句

是你的話語

雖然沒有你的名字

但是　我知道

那就是你

夢裡頭　　曾化氣

四處裡　　去尋你

醒來時

夢中的雨

原來是心中的淚雨

雖然時光已逝去

思念的日子

也好像遙遙無期

期待中

我還是要尋你

夢裡的一幅畫

炙熱的盛夏

午睡夢裡的一幅畫

醒來心兒掙扎

考慮著真假

為什麼那麼逼真

像是真實的她

嘴裡說著夢話

塵世中留下滄桑的疤

心中期盼的花

淹沒在眾生心的複雜

到了滿頭的白髮

蹣跚了步伐

內心也沒有了情話

情思隨著風去了

麻木了的感覺

任憑著風吹雨打

定格了畫面

生命的春天　　秋天

已經輪迴了許多遍

時年悄悄然

一下子變老了容顏

黃昏裡是暮年

樹梢將夕陽輕輕挽

老樹長在古老的庭院

修煉了千年的緣

記憶時常擱淺

停在時光久遠前

定格了的畫面

心思在片段裡蔓延

眼淚濕了思念

嘴裡說著　好久不見

在搖椅上靜止了

虛幻的經歷畫面

杏花春雨

杏花春雨

綿綿如絲

尋尋覓覓

纏繞春季

心生迷思

醉了心緒

感應天地

心念雨滴

情 池

觀旭日　觀落日

心中的塵世

只是日月的相思

寫一首情詩

只是為了心痴

那薄紙上的詩詞

是心在情醉時

心中的一彎情池

讓你的眼角濕

情深至此

拈花的手揹

溶化在心房裡

所有的心事

你是否已經感知

紅塵裡漂泊

紅塵裡漂泊

生滅多次來過

只是那妄想的心

隨著業力的風抖落

又在風雨裡煙波

輪轉六道的魂魄

在情執裡蹉跎

在生滅前脆弱

在虛幻裡繼續漂泊

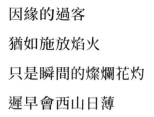

因緣的過客

猶如施放焰火

只是瞬間的燦爛花灼

遲早會西山日薄

隨緣花開花落

誰也躲不過

妄心在妄想的世界裡

在妄念裡消磨

因果無法躲

煩憂的樹枝

離開家鄉故里

流離了半世

經歷了多少風雨

茫然了雙目

馬不停蹄

繼續飄蕩遊歷

追尋的目的

以及喜愛的事物

在人生的路上

有多少迷失

那迷思的心跡

表面無聲無息

卻攪亂了心意

忘卻了真正的所依

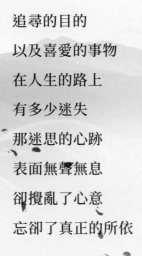

一份愚癡

寒冷的夜裡

掛滿煩憂感受的樹枝

蔓延了心房的天際

長嘆一聲

無心安的依止

只有長相思憶

孤寒的心痛

只有夜裡數星時

自己知曉和天知

家

遊走天涯

四海為家

一躍　行如策馬

馳騁天下

內心猶如百花發

世間多風沙

心靜　風止

即如卸盔甲

平靜的大地上

落滿了心動的塵沙

清淨了才是真家

陽光普照遍灑

不見亂塗鴉

一世的蒼蒼白髮

覺悟之後隨它

風雲無需叱咤

精彩只是一剎那

那瞬間的浪花

只是虛幻的住家

清淨才是自然的佛塔

圓月　一滴淚

彈指間　有多少生滅輪迴

為何　心兒卻執幻不歸

湖裡的明月　讓人心醉

使人著迷　進入心扉

可是摸不到　只可看

想追　也無法可追

心兒還是想　隨著圓月飛

不知為何落一滴淚

湖中月兒就碎

夢一般的美好就毀

心兒跟著失落　交瘁

淚水的漣漪已退

圓月又在水中回歸

心裡想著好美

忘了心兒曾經的交瘁

忘了希冀被毀

忘了生滅　一切會成灰

凡所有相　皆是虛妄的碑

那是一滴晶瑩的淚

心動投射的鏡像

念念相續　形識的生滅輪迴

禪茶一味

您像
　幽幽庭院裡的
　　一枝幽蘭
　　　散發淡淡的馨香
　　　玉立亭亭
您更像
　浴火的鳳凰
　　蛻變了　昇華了
　　　透徹無染的晶瑩
您更像菩薩
　犧牲了自己
　　把美好送給眾生
　　　創造了天堂美景
您的犧牲

都是那樣的自在

像是在天空裡

自由自在地翱翔

您在滾燙的水裡

隨緣地漂落

釋放出

您生命的精華和能量

釋放出

怡人的茶香清清

您倒駕慈航　尋聲救苦

把自己化成

清香的甘露或萬物

隨緣的願風

滋養著無量的眾生

　　　讓他們清靜

　　　　去到天堂

　　　　　那最殊勝的美好聖境

您是

　　我的皈依

您是

　　我的憧憬

我希望

　　像您一樣

　　　化成清香的

　　　　甘潤的茶水

　　　化成氣

　　　　凝結成甘霖

　　　　　滋養有緣的有情

嗡　嘛　呢　唄　咪　吽

我還要化成

　　您清靜的光

　　　掃除一切的煩惱

淨化一切的不淨

　成就無苦的

　　天堂的世界美景

愛情如詩　飄過眼簾

情愛如詩　如雙飛雁

前世的種子

今世成長展現

心輕輕地呼喚

喚醒前世的情緣

也喚醒了前世的情怨

動心的愛戀

說不清的心願

糾纏是自己的心念

如同身在群山之中

遠處有更高的山

那是無底洞的慾念

牽手相依　內心相連

那是自己的影子

自我的愛戀

如雲煙飄過眼簾

迷惑了心竅

追求需要的浪漫愛戀

風花雪月的期盼

遠山的遙遠

卻在無明的心中蔓延

柔情將愛輕含

有了風和日麗的天

必然有黑夜漫漫

注定的故事

烏龍改變了情勢

心中懊惱不已

好像世界與你為敵

心亂　失了定力

沒有了智力

其實　早就有預兆顯示

你看不見　心在虛妄裡

讓你看不見的是業力

是缺少那份福氣

看似偶然地發生

必然才是真實

就像姜子牙的早期

一切的苦難只是表象

宰相的富貴才是天意

人生一切的遊戲

都是注定的故事

惆悵時　菩薩的心咒響耳旁

把惆悵的心思唱響

走在原野向著遠方

秋天的葉子已黃

周圍的世界有點淒涼

幸好心中的月亮依然

高高地掛在天上又圓又亮

擦乾了感嘆的眼淚兩行

霓虹燈閃爍　在心裡晃

我想乘著雄鷹的翅膀

躲開季節的返航

菩薩的心咒響在耳旁

飛向聖潔殊勝的天堂

呢喃細語　賦予柔風

入骨相思　伴我朝夕
紅豆深安　牽掛與你

賦予柔風　呢喃細語
讓風傳到你的心裡
我的心裡只有你

你的笑容　我的夢裡
是那麼地讓人著迷
從此安住在腦海裡

朝花晨曦　遠方的你
雖然相距千萬里
願你沐浴在陽光的愛裡

夢一場　是虛妄

人生如戲　醉夢一場
拉開帷幕　鏡中之像
貧賤乞丐　富貴帝王

帷幕落下　心留影像
一堆白骨　塵飛飄揚
南柯一夢　皆是虛妄

不知誰在觀

月亮上弦又下弦

經歷了她多次輪轉

月下　我已老了容顏

一臉的疲倦

來到了寂靜的禪院

把喧鬧扔到院外

把煩惱消融在藍天

沒有了親眷

沒有了鴻雁飛南

也沒有了夢深夢淺

寂靜清涼心現

心安住一念

綿綿的一片

剪斷了情感的流連

沒有了故事序言

虛無了畫卷

不見了這邊和那邊

兩岸美麗的河畔

也沒有了天堂人間

亦復如是

沒有了法界界線

不知誰在觀

鏡像攝影

一番心情的俗戀
像春風的溫暖
捲走了雪殘

一曲歌謠的召喚
消了沈睡的冬眠
桃花已經紅遍
染色了容顏

春之戀

一番心情的俗戀
像春風的溫暖
捲走了雪殘

一曲歌謠的召喚
消了沈睡的冬眠
桃花已經紅遍
染色了容顏

一句笑言
讓春色滿了心田
顯在眉目之間
自然地遇見

一場情感的匯演

有了激盪的戲言

有了聚和散

是一幕春之戀

心任由風托浮

河畔飄著柳絮
飄落了滿路
風緩將柳絮托浮
心安詳　不急
悠閒地踱步

清閒的心是一曲
濛濛的柔情細雨
悠哉悠哉的浪漫思緒
心情的自在
輕鬆優雅不可語

隨著風的心和飛絮

沒有激盪的感觸

也沒有感慨賦佳句

像一首無題的詩

心隨著風　隨著柳絮

任由著風　將其托浮

一幕朝夕

就是一生一世
偶然的相遇
那是前世的期許
雖然只是一場煙雨

筆寫的情字
很難表達清楚
雨大雨小
情執都會灑落一地
那是心的情緒起伏
那是跳躍的音符
並不是心的距離
那情感的詩意
目標還是你

那是幸福的添加劑

一曲迴旋的歡愉

心意痕跡

你最知我意

每天與你相遇

一夜的棋局

是思緒的雨滴

灑落了滿地

只是沒有預約詩題

那隨心的痕跡

在晨曦裡晶瑩顯示

可以看到心意

因緣的紙鳶

不過是無預期的照面
從此就有了思念
是前世的因緣
有了溫暖春風裡的嬌豔
那是紅線所牽
桃花樹下的桃花面

紙鳶飛了滿天
卻都有牽扯的連線
業力的風讓你上了天
那是奈何橋畔的戲言
扯著手中的絲線
迷失在紅塵裡相見

心念的窗

天使的翅膀
是我心念的窗
打開了
就想飛去遠方
夢想有一趟流浪
讓心能夠激盪
去嗅嗅遠方的花香

擊碎障礙的牆
還我真實的模樣
讓心是花朵
怒放出燦爛和芬芳
驅散傷痛的迷茫

嗡……

静觀藍色蒼穹

是心之天空

也有心念之風

起雲雨也晴空

只是難測其天心

其意有些朦朧

猶如心是懵懵懂懂

身心未通

也沒有與天地相通

卻是心的鏡像

心裡迴盪著　嗡……

命運隨風飄移

人生滄桑的風雨
洗舊了心緒
洗斷了意志的繩子
讓命運隨風飄移

看著命運的歲月四季
隨著風兒離去
就像樹葉枯黃老去
留下記憶的足跡

畫一條線截止

將過去忘記

決心重新開始

換一輪茂盛的四季

隨緣芬芳一世

可是　那命運的軌跡

那無形的業力

讓滄桑的心意

力不從心地偏移

熬著血肉和骨

只有靈魂掙扎著哭泣

日昇東方

圓月在東山頂上

不聞鳥啼　寂靜城牆

空氣有些寒涼

潮濕了寂寥的月光

回首古今事

人事皆如夢幻茫茫

讓人感嘆歲月

只是虛幻流逝的鏡像

不知心該向何方

向遠處眺望

遠景朦朧有些蒼茫

不似近處景色清亮

還有瀰漫的清新草香

沁人肺腑　陶醉了

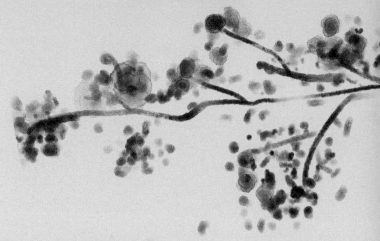

尋求自然的心房

消散了茫然的憂傷

恍惚之間天亮

一輪紅日昇起在東方

惆 悵

風輕露重
山澗流水淙淙
月色朦朧
蟲聲在草叢

月光下的花容
淡了色紅
躊躇的心意
讓心中的燈火晃動
煙氣　化成了
茫然惆悵的苦衷

萍水相逢

卻有相思痛

提一盞漂亮的燈籠

驚一彎秋水泓

只是那一道鴻溝

讓緣份錯開匆匆

消散了行蹤

恍惚夢裡雲深霧濃

又恍惚她在水中

朦朦朧朧

心意沒法相送

秋風帶離……

秋風瑟瑟地起

秋雨瀟瀟地下

蕭瑟的涼意

浸透到心裡

枯葉飄落了滿地

深秋的天氣

感覺變得深邃

感覺事物在遠離

你的身影也飄零地遠去

像緣盡了的無語

雖然耳邊還有話語聲

卻像落花流水逝去

默默地看著

像無感的麻木

呆呆地佇立在原地

瀟瑟的深秋風雨

瑟瑟地風兒颳起

一條小河

一條小河
蜿蜒曲折
似不知如何
彷彿心有羞澀
略顯幼小的膽怯
但　還是勇敢地前行
顯出英雄的本色

心中的忐忑
是因為陌生的坎坷
不安地摸索
沿路風光奇特
得所非得
因緣相聚的時刻
當下是得

蜿蜒如靈蛇

委婉地情感磨合

真誠不吝嗇

雖然是因緣過客

真心　真誠　意切

愛的甘露解渴

美麗清澈的小河

一筆朝夕

駕車十里　書畫一筆

車輪為跡　山水故事

故事相思　四海無期

彩色為題　彷彿依稀

月色如洗　情絲一縷

你我偎依　心裡朝夕

心緒

怨夕陽消殘
沒來得及郵寄信箋
晚霞燦爛
心留希冀嬋娟

只是獨自遊行河畔
形孤寂然
幸有心裡的溫暖
驅趕著冬寒

誓言縈繞在耳邊
是柔聲細語綿綿
沒有共歡
只有心緒萬千

扶 窗

未眠的人扶窗

不是為了向夜空眺望

也不是因為淒涼

只是塵世的夢一場

讓心歷盡滄桑

深沉的思想

寄情到靜謐的地方

圓圓的月光流淌

似溫馨的輕輕哼唱

不知是不是

情意祝福的衷腸

卻叫心難忘

有了靜靜的安詳

美好的暢想

是喜悅翱翔的翅膀

那皎潔的月亮

讓我產生了冀望

靜靜的月光

是穿越的蟲洞

心已在月亮上歌唱

秋風採擷

（一）

煙波林野朦朧幽幽

似夢裡細雨濛濛

看不清你的身形

呼喚破碎了寧靜

像珍珠落入玉盤裡

發出擾動著山神的脆聲

也撩動了平靜的心情

（二）

極美麗的秋天風景

把沈睡的寂寞驚醒

生出了彩色的秋風

菊花黃了紅了秋楓

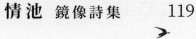

（三）

忘記了你的樣子

只是記住了眼神的憂鬱

心裡曾經有你的名字

卻被秋風吹得遠去

（四）

別離的眼神愛戀依依

被難捨的淚水濛濛地遮住

似澆落花瓣的無情秋雨

寒冷來襲開始佔住心裡

（五）

風塵刻畫你的模樣

蒼老爬上你的臉龐

蕭瑟秋風帶來寒涼

兩腿蹣跚帶著滄桑

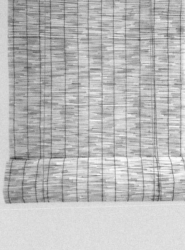

靈魂的默契

像是在夢裡

美好的初遇

如同內心的期許

讓生命有了彩色的雙翼

好像靈魂有默契

心生了雅緻的美麗

彷彿在花叢裡

你的身影依稀

產生了彩色的迷離

迷幻了幾許

靈魂的古老視力

嗅到了你前世的餘香

恍惚中認得隔世的你

一下子飄落了心情

感慨唏噓的淚滴

原來一切都在心裡

鏡像攝影

千年百年的冬夏

只是為了尋她

那眉間的硃砂

是我以前輕輕地點下

時光只是剎那

放進酒杯一飲而下

畫一個記號

畫一個記號
上面有我的心跳
一抹微笑
期待著明朝

不要讓心無著落地
在風雨裡飄搖
是否得到美好
明天就會見分曉

你應該不會忘掉
我在你的心裡
寫上的美麗歌謠
此情天地昭昭

常在夢裡逍遙

夢裡那漂亮的蟠桃

有著你的味道

吃了　讓心不會老

尋她　癡念的家

千年百年的冬夏

只是為了尋她

那眉間的硃砂

是我以前輕輕地點下

時光只是剎那

放進酒杯一飲而下

多少塵世輪迴開花

為何心中牽掛

將她在心裡刻畫

一筆一畫卻畫在天涯

不見心中之塔

只見風吹雨打

原來是陰陽的冬夏

夢幻的風沙

構建了癡念的家

花兒輕俏

那幾朵花兒輕俏

像是少年的歌謠

隨著微風笑

美麗風華正好

年華彩色正在招搖

如此佇立的花嬌

朝朝幕幕朝朝

優雅的曲調

衝的天一樣高

走過漫長的遠道

一直悠悠到老

淡然了曲調

寂滅了塵囂

花容月色從此杳杳

流出一份牽掛

溫暖柔美的詩篇

是花容月下的流連

浪漫的語言

輕輕又點點

匯集了一股清泉

流在旖旎的心間

清澈的歌謠縈繞耳邊

流動出一份牽掛

全是心間嬌豔

卿卿我我的相約

卻擋不住無常的因緣

清泉去了遙遠

成了哽咽的思念

沈 醉

春季的腳步匆匆
溫暖的心情濃
雖然是短暫的夢
但那是情感的行蹤

畫了一道彩虹
春天的早晨向東
讓晨曦灑滿心中

雖然萬事皆空
可是心依然朦朧
沈醉在春季裡的花紅

淚痕　濕染了靈魂

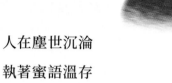

人在塵世沉淪

執著蜜語溫存

只是浮生一粒微塵

不見風華如夢轉瞬

只顧著愛恨

情執太深

利益最會劃分

為此　謊言如真

生命顛沛難安穩

只見夜裡淚痕

濕染了靈魂

笑嘆浮生

只是身不由己的微塵

浮屠

眾生八苦
沈浮於朝暮
無始無明的習氣
執著鏡像的花雨
輪迴了多少世紀

胎迷依然如故
模糊了過去的眼目
好像是初始
重新有了風雨
有了意識
有了行為自語
忘了前世在何處

茫茫蒼穹裡

有聖賢之書

更有清淨的聖土

滾滾的紅塵裡

也要光明的浮屠

人生煩惱的江湖

風雨歇處

禪心清淨安住

沒有了變幻的四季

沒有了對比的榮枯

沒有未來與回顧

禪心升起浮屠

人生　英雄與霓虹

（英雄）

夕陽　晚霞美的時候

映紅了時間的河流

滿樹梨花的老人

歲月刻滿雙手

沒有所謂的哀愁

滄桑卻灌滿了衣袖

堅強的心房

昂起英雄的頭

笑看著夕陽

喝下一杯

清澈醇香的美酒

（霓虹）

河對岸的小港口

燈火闌珊的時候

會有多少人兒

相約在迷濛的酒樓

喝著各色的酒

不知是用酒消愁

還是愁　吞噬了酒

或者只是寂寥

赴約取暖的相守

霓虹　迷茫了的眼睛

擾亂了心意遊走

風雨天氣

喝一壺酒心情飄逸

期待著風雨

又期待著煙雨迷離

不知是春花

還是金色的秋意

雲雨天低

風吹水起

一宿聽著風雨

沒有睡意

回憶著過去

忘了何時

藉著秋風作題

卻沒有相憶

故事隨著風離去

心如糾結的棋局

如同天水一處

分不清天際

雲雨在湧動的水裡

在朦朧的眼裡

在攪動著的心裡

也在輪迴的命裡

景色隨心

前世今生
紅裝素裹的心
生命情感血染的紅塵
一曲歌謠的心情
帶著無數的傷痕
今世又為人

又是一年春
太陽升起又西沉
夜晚明月還是一輪
陰陽交替的情份
就像宿世習氣
大雁的品性
其心性習氣忠貞

八苦的愛恨

心意的縱橫

情感的故事寫了幾本

從沙漠到森林

一路的景色隨風　隨心

幻象如真

深鎖朦朧的煙雨

世人都有面具

老時　埋葬了過去

多了包裝的樣子

不知留下

多少真誠地笑語

隨境的心再續

追逐著妍麗

深鎖朦朧的煙雨

一年一年的沈積

忘了少年真誠的歌曲

耳旁的旋律

扯動著現時的笑意

隨波逐流演繹

執著輪轉相依

不捨的情義

內心不離不棄

成了難捨的記憶

成了來世的種子

隨著心識的風雨

演繹著鏡像的繼續

天地裡愛恨的故事

碑

大雪紛飛

湮沒了枯葉堆

寒風來自北

吹散飄著的煙灰

又是一年生滅

經歷一次輪迴

觀看人間的墓碑

紅塵的光輝

終究湮滅魂飛

因緣輪轉相聚成堆

菩薩的大慈悲

沒有白與黑

解脫的法寶

是殊勝天堂的豐碑

佛法智慧珍貴

燭花　禪茶

一支白燭　動心的是燭花
素衣白紗　美麗的是無瑕

一曲歌謠　撫琴只是為她
情深意重　遊走海角天涯

月缺月圓　夢裡與她入畫
焚香點蠟　祈願與她唱答

晨曦晚霞　坐著搖椅看花
一樹梨花　品嚐一味禪茶

情之念

誰輕描淡寫了思念

讓桃花飄落了你的窗前

誰家的炊煙

浪漫了夕陽的山間

一雙鴛鴦遊在河面

那是前世的恩怨

還是今世的香甜

或者　　只是相續前緣

亭子紅瓦的屋簷

掛著一輪皎潔的寶鑑

時間吹皺了歲月的臉

為何至今把你眷戀

備註：寶鑑。寶鏡。鏡子的美稱，亦以喻月亮。

千年　願望情義

千年的癡迷

前世今生都相思

柔柔的春風輕拂你

那是美麗的桃花季

從此以後在一起

再也不願意分離

萬年的覺悟

來世希望在天堂裡

如果你也願意

我們就翱翔在天際

去那桃花盛開的花季

希望有情都生出雙翅

有願就有真情義

就會感動天地

在滾滾的紅塵裡

真誠就會相遇

就會大愛不離不棄

相伴相依到天堂裡

一筆一畫

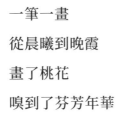

一筆一畫
從晨曦到晚霞
畫了桃花
嗅到了芬芳年華

一筆一畫
從海角到天涯
畫了繁華
指尖荏苒了流沙

一筆一畫
情愛有了牽掛
畫了年畫
相聚凡塵合是家

光陰剎那
青山綠水冬夏
只是塵沙
世界鏡像映心塔

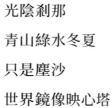

圓圈記憶

你就像一個行星的軌跡

我想探索你的秘密

畫下你的運行

好像靠近了你

前世的那點起始

我已經做了標記

靜坐著放鬆調整呼吸

我想把你看得清晰

希望你把我的心

放進你運行的孤寂

希望你能想起

我願意和你紅塵一起

在天體的運行裡

你不要離開原路離去

在你芬芳的心底

應該有前世的記憶

你對我說　只要遇見你

做什麼都願意

看著你運行的圖示

我把它拍到手機裡

希望你行到花開樹枝

能嗅到你的香氣

一起運行千萬里

溫暖的四季長相依

桃花紅的春季

你是那樣的美麗

在悠悠的歲月裡

你的笑容是那麼的甜蜜

綿綿不斷的情義

輪轉在無窮盡的宇宙裡

春 花

三月春花早

大地換了新袍

萬紫千紅繚繞

願嗅清新春草

一身的自然清傲

不在意色艷紛擾

只是隨風杳杳

不看時日多少

只觀花海如潮

春暖詩箋

春暖了河的兩岸
花開馨香亦然
夢裡頭竟然
手裡拿著詩箋
還有清澈的山澗
山頭還有一抹雲添
繚繞又浮遠
畫面清清淺淺
似淡淡的雲煙

雖然是心中浮現
卻因心中思念
只是畫面一片片
就像是詩箋
暖了心河兩岸
有了夢裡的畫卷

鏡像攝影

想提一盞燈籠

得不到恩寵

人在紅塵行

卻是夢幻的行蹤

心意付情濃

又幻化成了虛空

來去由心送

回首才見蒼穹

只見朦朧

招惹了風塵

就來了一股風

來的匆匆

卻也情濃

送來了一抹花紅

扯著你走西東

像是無底洞

不見底　　只見朦朧

想提一盞燈籠

得不到恩寵

人在紅塵行

卻是夢幻的行蹤

心意付情濃

又幻化成了虛空

來去由心送

回首才見蒼穹

原來皆是空

輪迴的玫瑰

塵世裡有輪迴

猶如時光可以倒退

你心中的後悔

如果很悲催

你可以發願償還

帶著歉疚來世聚會

如果有一枝玫瑰

你可以嗅著花香沈醉

心自由地飛

修得圓滿情歸

掃落前世的塵灰

緣份會自然地匹配

自然地搞對

相續前世的流水

雖然是夢睡

卻搞不錯誰和誰

鎖在虛幻的樓

炎熱的午後

有太多的理由

守著無病呻吟的傷口

不在意時空起皺

皺著眉頭

把妄念拼湊

妄想的意馬不收

時間悠悠

境相裡假象的手

輕撫一齣溫柔

從此　　情執相守

命運的左右
習氣緊隨不休
妄念將清靜帶走
真心被妄心拘留
鎖在虛幻的樓

宿命無法逃走

寒涼的晚秋
枯枝枯葉枯了錦繡
蕭瑟寒意不休
沒有善意的揮手

枯葉隨風走
枯萎的心餘情回首
無奈不能逗留
宿命無法逃走

時光不能倒流
只能在夢裡再現眼眸
那無奈的心裡頭
情感隨風已舊

如夢一般

心在窗戶外
那是昨晚夢裡的土臺
周圍的花已開
候鳥已經回來
只是　你好像在天外
或者是被寂靜掩埋
讓人想不明白
你是否只是在夢裡面
還是根本不存在

我雖然是一粒塵埃
在心裡也有愛
雖然你的歌聲如天籟
能夠讓人的心澎湃

你的美麗和可愛

也讓人難以忘懷

只是你像風一樣吹來

又像風一樣地離開

如夢一般的不實在

心　馳騁千萬里

因為沒有草原
沒有辦法奔馳
我躲在靜靜的一隅
心　卻馳騁了千萬里

默默地低調躲避
是為了天地人氣
在廣闊的天地裡
必然有安身立命之處

要善待世界的一切
用悲心唱一曲
溫柔的春風輕拂
讓鮮花的馨香四處飄逸

浩渺星河鷺起

那是神仙的安逸游弋

無數的有情在星辰安住

那裡是最廣闊的原牧

心生了草原牧地

晚風裡吹起牧笛

牧笛聲是我生翅的駿馬

奔馳在星光月色裡

無奈和希冀的路

衣冠楚楚

華麗引人注目

多了一份束縛

難得糊塗

少一份煩惱淚珠

多了一份清閒舒服

看著來時的路

也是回去路

日復一日

記錄著生活的笑與哭

學著人情世故

世間風情雲霧

希冀著脫穎而出

不知何是貪圖

努力的路非常孤獨

不知辛苦

還是體驗幸福

內心是江湖

顧不上在乎

心有些麻木

人生跌宕起伏的路

不知是搜尋寶物

還是經歷歡喜

或者是憤怒地喘息

紅塵妄心的一念

酒香讓人陶醉

優美的歌聲讓人沉醉

你秀麗的倩影

已進入了心扉

想送你一朵紅玫瑰

別讓我的面容憔悴

七彩繽紛的花朵

不知你獻給誰

我知道這是前世情緣

你不管多麼秀美

只會和動心之人

在青青的河畔相會

除非蒼天炸雷

改變了前世的因緣際會

我學好了愛的播種

埋下相擁的種子

澆灌愛的淚滴

祈請佛菩薩慈悲加被

在夢裡……

夢裡輕語的小溪
像夢幻的耳語
如春風輕拂的柔情
給我的乾枯的心田
下了滋潤的甘雨

夢裡輕柔的歌曲
像秘密的心雨
如碧波盪漾的仙境
讓我飢渴的心兒
再也不願意離去

夢裡一切的故事
像上癮的飲食

像海市蜃樓的虛幻

招我無明的心靈

執迷在境世界裡

人生如夢的現實

心隨著境游離

分不清虛幻與真實

喝著毒酒般的甜蜜

繼續生活在夢裡

心動就飄出了佛塔

桃色飛上她的臉頰
想送她一朵鮮花
春風吹拂啊
不要害羞尷尬
要把心裡的話兒
勇敢地告訴她

美麗的桃花樹下
風兒飄著她的長髮
好像恍惚在夢裡
曾經見過她
在山水之間種過花

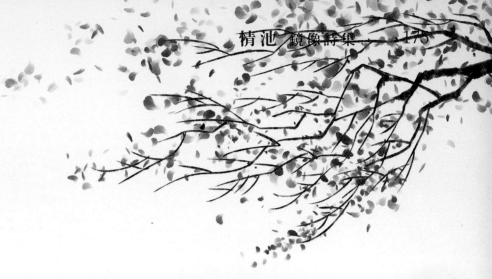

原來種子識裡

就有這朵鮮豔的花

心動就飄出了佛塔

從此浪跡在欲界天涯

塵風因緣來叩

幾度秋風悠悠

幾度傷心憂愁

吹來冷冷的寒流

不願意在夢裡遨遊

輪轉了幾次九州

生滅不堪回首

無執著可丟

無情絲可留

紅塵中作繭化蝶

把七色滿身繡

幻成玉宇瓊樓

靜心地等候

塵風因緣來叩

芬芳飄散花仙已走

滄桑歲月繆綢

楓葉又紅了山丘

有情　你可知否

六根烙印如來藏識

又是幾世落葉深秋

六道裡行舟

身形隨緣不是潮流

也不是風流

千萬年夕陽紅透

情愛人生看透

盼著佛光普照

上覺悟彼岸的碼頭

春天的小黃花

看小黃花開了滿山
不知織成多少詩篇
時光匆匆走近
又匆匆地走遠
春花只是將時光兌現

花開了　說你好
花謝了　說再見
不開在人為的春苑
而是隨緣在自然
讓由心的詩歌　成為
一張張定格的畫面

願做陽光

春天溫暖的陽光

花開了夢想

讓人如痴如狂

春色成了心中的熱望

叫人好欣賞

真的是不尋常

我希望化成詩行

成為美麗的篇章

讓你看好了

從此就難忘

我要做溫暖的陽光

傳 奇

有一個傳奇

兩顆心長相憶

就像是天地

彼此心相照

離的雖遠　卻是知己

相互之間最解意

無需郵寄

各在對方的懷裡

不曾有分離

是陰陽的一體

是執著表象

各自在一角而棲

卻是脫胎於一氣

化出陰陽形識

抖落

天空將殘陽抖落
竟然沒有風波
雖然心還有流連很多
夜幕用來蹉跎

靜心觀想禪坐
思維了有無對錯
也飲了一杯是非清濁
只因執著你我

觀看著萬般的因果
在紅塵裡蹉跎
放下執著分別的枷鎖
蓮台上坐著佛陀

拂不去的愛戀

拂不去的愛戀

像鮮花對春風的眷念

奏出美妙樂曲的琴弦

需要琴身共鳴

成全優美的指尖

今生的輪迴相見

鐫刻了多少歲月流年

擦肩而過了多少顧盼

修煉了多少世的

心動塵揚的情念

時空在不斷地流轉

相愛的信念定格了時間

因緣定律做了成全

還有沒太變的
是你美麗的容顏

成全了一縷青煙
完成了一段纏綿
天地遼遠無限
輪轉了紅塵幾世
還是拂不去對妳的愛戀

雖然是不實的虛幻
放不下彼此的愛戀
想讓狂心靜靜地安歇
業力心念撥動了轉盤
又把故事撰寫在眼簾

鴻雁南去

鴻雁南去

捎去別離後的相憶

綿綿的細雨

淅淅瀝瀝的聲音

是相思的小夜曲

那音符是精靈

流出的晶瑩的淚珠

捎去的相憶

是否已進入你的夢裡

那晶瑩的音符

是否已經演示

不忍的別離

門前楓葉已紅了幾次

只有鴻雁南去

思念家鄉

我為了心願走向遠方
回家的路就越來越長
只有晚上看著月亮
彷彿是回到了家鄉

思念的歌聲唱響
中間是隔著的汪洋
海岸的棕櫚樹影子長長
大海的波濤蒼然茫茫

經歷了幾季的花香
經歷了幾季的樹葉黃
回憶家鄉多了份惆悵
媽媽的歌謠縈繞耳旁

詩集後記：

《心生彩虹般的橋樑》

我想你的時候
你在遙遠的地方
你想我的時候
我無奈地望著遠方

兩個人的心
因為相通
在遙遠的兩地
架起了相連相應的橋樑
心心相印
心裡住著對方模樣

如彩虹般的橋樑
因心想升起

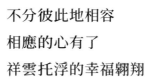

不分彼此地相容
相應的心有了
祥雲托浮的幸福翱翔

你在我的心上
我在你的心上
只是分別的鏡像
相會的時候
心念一想
就在心中的境相
行得是
心生的彩虹般的橋樑

我的詩，希望看到的人，會產生思維的激發，會產生一些靈感的東西。還會通過它，認識到我禪修後，對一些人生和自然的看法。以及瞭解，彩色的生活，雖然彩色絢爛迷人，大家都喜歡，可是絢爛過後的苦幻，也會刻骨。人必定要認識到：人生，因緣而生，如夢如幻，從虛無來，再歸虛無處。境相，並不實有，終究會是空。諸法緣起性空。

《彩虹般的痕跡》

留下什麼不太重要
　它只是你人生的痕跡
只是不要虛假
　不要無趣
　　不要昏昏然地茫然遊歷

把美好畫進這痕跡
把一片
　　慈悲的祥雲畫進這痕跡
見到這痕跡的人
　　人生添一片錦繡
　　　　添一道彩虹的美麗

我的光彩就是你的光彩
　　就是你的光彩奪目
　　　　希望璀璨般的神奇
或者　　讓你踏著這痕跡
　　開心快樂的走
　　　　走出你的彩虹般的路
或者　　讓你踏著
　　我身軀化成的彩虹
　　　　畫上更美好的絢麗痕跡

我的心
　　願托起彩色的虹
　　　　彩色的祥雲與晨曦
　　把你托起到美好的天堂
　　　　這是我最憧憬的心意

我只是一道痕跡
　　一道為你生的彩虹雲氣
那是我心中的菩薩
　　化現的聖境大慈
那是我心中的佛陀
　　化現的極樂的法船普渡

那是一道痕跡
那是一道我生命的痕跡
那是我的心願
　　幻化的彩虹般的痕跡
那是我的心願
　　幻化的美好希望的晨曦

前言的痕跡，到後記的彩虹般的痕跡，
正好畫一個圓，書寫一個圓滿。有因就
有果，希望這本詩集給您帶來一些不
一樣的風光，帶來一些生活中茶餘飯後
的話題，增加一點您生活中的佐料和彩
色，也帶來安詳的禪意，帶來覺悟智慧。
希望您快樂吉祥！

鏡像系列詩集

《郵寄》

《靈魂》

《一池紋》

《心不在原處》

鏡像系列詩集

《眼角》

《心念》

《心雨》

《桃花夢》

鏡像系列詩集

《心情的小雨》

《宿緣的一眼》

《情送伊人》

《河岸》

鏡像系列詩集

《心田之相》

《原點》

《困惑》

《四季飛鴻》

鏡像系列詩集

情 池 鏡像詩集

作者	鏡像
發行人	鏡像
總編輯	妙音
美術編輯	彩色 江海
校對	孫慧覺
網址	www.jingxiangshijie.com
YouTube頻道	鏡像世界
臉書	www.facebook.com/jingxiangworld
郵箱	contact@jingxiangshijie.com
代理經銷	白象文化事業有限公司
	401台中市東區和平街228巷44號
	電話：(04)2220-8589
印刷	群鋒企業有限公司
出版日期	2020年1月　　　　初版
ISBN	978-1-951338-36-7　　平裝

定價　　NT$520

網 站

YouTube

臉 書